+ 第39届青春诗会诗丛

《诗刊》社／编

加主布哈 著

# 如果屋顶没有星星

长江出版传媒

长江文艺出版社

39 青
Youth 诗
Poetry 会

元复诗歌基金支持

**加主布哈**

1994年出生，四川凉山人，彝族。巴金文学院签约作家，中国作家协会会员，四川省作家协会会员。曾参加鲁迅文学院第45期高研班，已出版诗集《借宿》等。

# 目录

# 辑一　雾里有口哨

# 辑二　徒步凉山记

## 辑三　让时间老着吧

## 辑四　就让它发生吧

# 辑五　站在幻想的刃上

辑一　雾里有口哨

## 父亲，明天不是个好日子

斧头是自己冷静下来的……群山正在
背雪。我父亲专心劈柴，把捆扎好的木头
滚到谷底，木头在滚动中
卷进来未定的尘埃和石块，
他就大声呐喊：
"去了！危险！去了！"

傍晚，我父亲搂着马脖子下山，一场大雪
把他赶着……危险堆满！斧头是自己
在我父亲的背上冷静下来的……明天并不是
一个好的日子。

## 母亲的插叙

一个湖泊从我母亲头顶飞走……
她正使用细竹鞭打，挂在栅栏上的棉被。
晨曦是单薄的，她打着喷嚏，生了堆大火，
然后把羊羔抱在怀里喂。

她仍有黑色的祷词，提及和父亲的往事，
她仍有些害羞。那个不回来的女儿很少被提及，
只是遇见陌生人时，她必详细问询。

今天，黄昏是单薄的，她靠在土墙上，
一个深谙乡愁的湖泊从她头顶
飞走了……

# 月光葬礼

月亮是被谁咳出来的
一枚病，倒挂在肺叶上。我准备去买酒。
（不能带着怀疑走夜路）
一张羊皮去参加葬礼，很多燕子站起来，苹果树
打了个白色哈欠。

月亮在山顶，翻阅谁的清白之身，
父亲已经睡成一根不会说谎的木头。
我将是第一个不会哭丧的儿子，
多么值得流泪的这天，一头牛倒下后，
又一头牛倒下。等我喝醉了

我就去梦里劝住滚石下落，劝住
在父亲腹部深处嘶吼的狼群。

# 雷电史

口弦在弹奏——这豢养的手势
难免呜咽。父亲擦拭着谜底。一匹棕马
驮着噩梦、露水和喝醉的他，
准备去四月播种石头。（四月，有羊失足）
意外从预言之树上被吹落。他的渴意
撞倒了雷电史——

于是怀揣闪电的人，穿着雷
在石头里面吹口哨。她安慰着他的爱情，
用一场没有影子的雪。

## 神是危险的

时间披雪，我做减法。
暗火想施洗自己，星空太渺小，
只能躲在人心中镀亮虚妄。

我对天上的东西不感兴趣，
理性之墙被推倒
就倒了，没什么大不了，

神只微笑，看着我痛苦，
不给任何启示。一块石头就背着隐喻
原地熟睡。

# 寻根记

在自己褐色的肚脐上搁浅
不在场的根。目光如河，流淌着火的意志。

斧头爬到树梢，时间想暂时离开笃姆，
他把自己放在命运的百叶盘中心不停地磨，
静静地磨……他铜质的门槛上，
一束闪电被绊倒，屋顶自己关闭。
(噢，咳嗽的大房子里
笃姆已经变成一个隐喻，他躲在神话的阴坡)

此时，灵魂故地再次发生洪灾，仍然只有最小的儿子
躲在木质箱子里漂浮到新的岛屿，
并救起一只湿漉漉的鼠。

注释：
笃姆：又叫阿普笃姆。在原始洪灾中存活下来的彝族人共
同的祖先。

## 如果屋顶没有星星

瘦马吃盐，火只在被饮用的时候跳舞。
我只喝酒，不想去某个问题里睡太久。

我的女人在深夜有很多个新鲜面孔。
如果屋顶没有星星，人们就不必抬头。
上帝啊，我不爱你，
而你必须爱我如爱众人。

# 笃姆（长诗）

远古的时候，或者，在未开始之前……

　　　　　　　　——题记

## 1

未形成的，
混沌最先演变成水。
星星不说话的那晚，夜莺往体内摄入一粒火，
然后，迪曲巴糯山传来阵阵雷鸣。

## 2

天上掉下来的祖灵在燃烧中
生出一对哑物，大风吹过
他们就献出耳朵。一个银色的男人
和一个金色的女人在大风中
不会接吻。

## 3

一朵白云盖着我的睡眠，
一片红花遮住我的羞。
你帮我，把腋下的松鼠窝
卸到刺丛中去吧。

## 4

一场雪
在夜里跟自己
躲猫猫。

## 5

蛙在屋檐下贩卖语言，
其实开始的时候，藤蔓也只会缠绕自身，

红嘴蛇继承了一块沼池
还生出些许非分的想法。

## 6

盛大的会议后，

阿尔师傅用铁帚清扫天空，
云层里跑出来一只獐子。

那时候，居子格俄家里还养着很多不吉祥的物。


7

迷路的父亲举着猴氏族谱，
从夜莺体内取出
一堆火。神派口吃的女人
捎来屋顶——这时候，
笃姆还沉迷于不完整地活着。


8

大火中走出来一把铜口弦，
可你仍然是个不会娶妻的男人。

你在口腔里安装了风箱，
还把手指打磨成镰刀，
从阿子达果山割来蕨草。

你的池塘里，无数匕首在游。

## 9

鹰的第三滴血，浸湿
浦莫列伊的百褶裙。

在龙年出生了一个，
拒绝母乳的男婴。

## 10

阿吕苴子用自己的嗓
给人类换回六个太阳。
世界被晒得，只剩一颗麻种子。

## 11

属水的男人丢下母亲，
站在马桑树上射掉多余的太阳。受难的
太阳，逃跑的太阳——唤不出来的太阳。

蚂蚁在你浅浅的脚印上挠
你痒痒。

## 12

水獭不知道夜，
俄特不认识父。

他从深山取回一节青竹
供奉在神位上。当是父——

## 13

你的田，耕耘三次后，
三次被翻还原的田。
昨晚，两头野猪在那里猜谜语。

守夜的笃姆，瞌睡的笃姆
梦见一场漫天的洪水——
他躲进木质箱子里漂浮到新的岛屿，
并救起一只湿漉漉的鼠。

## 14

火焰中有智者在跑，智者的胡须
胃里躲着不善良的星星和绿虫。松枝照亮牛角，
孩子跌倒的时辰，

分不清朔望的
一只白公鸡把自己的冠，雕刻成九个毒誓，
才挽回独日独月。

## 15

男性的声音复活时，在火棘下寻找阉鸡，
这时候，笃姆还只是一张空的脸。

女人从天上撕下三块花布，嗜酒的花布
在新娘身上，黑牯牛的尾巴结满牛蒡果。

## 16

雾里有口哨。你开始困惑
剥开的手势中

是否真的有母亲走出来。（她背着石磨
和嫁妆，从雾里走出来）

## 17

神的碎片散落我心，
祖父已经变成一个隐喻，

他躲在死亡的面具后面，
对着猎物忏悔；

可我爱那个时常跌倒的孩子，
午餐过后他出走，
准备和自己聚会。

## 18

一只老虎准备自杀
一只兔子准备去劝说
所有冒险，不值一提

你要真诚
你要熟睡
你的心会告诉你

我的存在，哦，没什么意义的存在

## 19

那个传说中的痴情女人
她最后变成一只红色的公羊
蹄子里握着一把
为丈夫治病的雪

## 20

我是这个村最寂寞的人
我花大把的时间，从一棵树
走到另一棵树那里

仪式的残骸里躺着无数呻吟
现在我要回去，回哪里去
是一个问题

## 21

记忆的山头，正在落雪
坐在这里，天空拥挤，
我翻烤一群土豆，
牛羊在咀嚼我的绳鞭。

一些风的形迹可疑，
一些风在另一些风里走散，
一个人注定在另一个人的世界徘徊不止。

## 22

你的灵魂是一块寡言的石头，

你的脸庞等于一勺虚构之盐，

在虚妄之水中

你慢慢溶解。


注释：

迪曲巴糯山：彝族传说中的神山。

阿尔师傅：彝族神话《勒俄特依》里擅长打造器具的神。

居子格俄：传说中未进化完成的人物。

阿子达果山：神山。

浦莫列伊：传说中射日英雄的母亲。

阿吕苴子：神话里把月亮、太阳和群星呼唤到人间的神。

俄特：全名石勒俄特，第一个主动寻找父亲的人物，代表
母系社会向父系社会过渡。

辑二　徒步凉山记

# 徒行小相邻记

1

翻小相邻山脉要转十七个弯
从河坎村到尔洛巴嘎的距离
是四颗糖在我口中融化完的距离
这样想，时间真不值一提

2

进入广洛村，狗朝着我吠叫
路过一对去打柴的新婚夫妇，有说笑
我不小心踩了马粪

3

路过许多种植物，栎、枸子、香青等
只有野蔷薇割伤了我
只有一片蕨草地让我想起母亲

4

一路二十六个标语
一个也没记住
打断一头母牛在公路上喂奶
只有这事，让我很愧疚

5

年轻的时候爱抄近道
笔直的路走多了，就不会拐弯或回头

笔直的路走多了，就容易老
老人偏爱弯路，稳当，且适合回忆

6

一堵石头墙把我挡在粮食以外
圆根萝卜和酸菜是冬天仅剩的希望
可惜彝人不拿它们待客

7

独自走路比结伴而行更快

七十岁的巴久阿普给我指路
他的祖先曾给马帮指过路
他问我去哪里
我说不知道，翻过小相邻就好


8


河谷有很多神秘之物，稻草编织而成
看上去有点熟悉，好像我的老相识


9


巴久阿妈的小卖部
没有饼干、矿泉水以及面包
只有盐巴和雪花啤酒


我们想买点吃的
巴久阿妈说有腊肉，她去煮，不要钱，管饱
我们笑着说不做客，只是路过

# 生母之河

今天，五个太阳在受难
马桑、青竹和蕨草在神话里，弯下了腰
我躺在粮食上，享用饥饿
诺果拉达有个老人在耕作，他说去过我的故乡
提醒我方向错了，这不是回家的路

他说每天都在等远走的独子
我的父母肯定也在等。我不知道怎么回答他
此刻，我的父亲在离家更远的他乡，务工

我知道，一条生母之河因为我们的背离
正慢慢浑浊

## 羊群归圈，有人离乡

蜂在屋檐下安身，主人去远方立命
菜园被木栅栏紧锁着，芹菜和野草一样茂盛
瓦尔村的这个土坯房院落，我很想住进去

贪玩的孩子在河边打闹，我大声叫他们
"过来吃糖！"
"你们是谁？"
"你家远方来的亲戚！"
他们有点羞涩，拿到了糖，大声叫着妈妈
跑回家去了

此时，黄昏把羊群赶回了村庄
炊烟把我们指向远方

## 叫醒神话里的蕨草吧


一把雷将自己串起来,麻质声音
在屋顶盘旋,姐姐从疏落的头发里闻到闪电。
父亲背对着……谜底很想
偷偷跑出来。我们围火塘盘坐着,
把神话里的蕨草叫醒,也用门槛绊倒一位
离家出走的故人,夜晚多好啊,

母亲用一手灰烬洗净父亲的风尘,
把他牵进……谜底也很想
偷偷跑出来。我们就各自离去吧。

# 路边的灯芯草

拉莫村的尔古阿妈在公路上与我们相遇
八十三岁的老人，她说走不动了
请我们帮忙给她搭个车去联合乡政府
她要去问一下她的母猪保险

我们问她为什么不让子女来
她有点哽咽，说只有一个儿子
外出务工，不管她了

我们给她搭了车，帮她给了车费
她握着我的手一直说"卡沙沙"

送走了尔古阿妈
我望着路边的一片灯芯草，我希望它们流血
送走了尔古阿妈
我有点哽咽，想起我的祖母

# 米市镇

米市镇盛产阉鸡、樟树，以及母语
在吉里阿普家里要一碗水喝，里面有感叹词
喝下肚子里，回响着一个动人的颤音

米市只有一个旅馆，每人十块钱
是莫色阿妈开的，我们到的时候她在缝披毡
七十三岁的老人准备在临走前给每个子女
留下一件厚厚的披毡

今晚，米市盛产星星
我捧在手里，有点感动

# 自净者的谎话

1

在灵魂高地，我拿起木犁
时间之鞭就策在一头倔牛身上
让人忘记衰老

2

一条倒流的河，被我饮尽
一只迷恋阳光的老狗，躺在松针堆上
一个男孩怀揣火种，守卫柴
一头山羊在跨越藤条的时候，坠崖

一个人等于一匹马
一匹马等于一坛酒
木古宜莫村昨夜有人醉死

3

我模仿牛吃草

也学神说话
一只乌鸦在牛身上寻觅虱子
一只耳朵在我身上聆听噩耗
好人的葬礼上我们结伴流泪
坏人的葬礼上我们也要流泪


4


圆根萝卜倒挂在屋檐下
阳光和影子的博弈，让人头疼
一只鸟被咒死在公路上


额尼乡政府门口
一群衣装素淡的彝族男人
围着酒，席地而坐
他们声音洪亮，从不窃窃私语


5


牧羊老人的披毡裹着云雾
在他的吆喝声中，我们赶到山顶
一个叫尔吉火普的地方


眼睛吸尘，伤口通风
两匹马在原野上拼命交配

# 6

一头猪的耳朵有多大
它的天空就有多小

走了一百六十公里路
最后从嘎嘎洛坡的树林出来

我和远方的姻亲关系
在夕阳的见证下，缓缓落幕

# 晚　风

山路的一生崎岖、悠长
从清晨到日暮，牧人的一生漫长
在双眼所能触及的白云之外
日子慵倦，羊群懒散

我独自坐在山头
看见梨花，痛快地绽开、痛快地落
不要说出心事

在双眼能捕捉的田地里
母亲弯下腰，拔去茂盛的杂草
阳光喂养着她的庄稼

我和自己的对话，被一只孤雁携进
一阵晚风的意念深处

辑三　让时间老着吧

# 南山经考究

## 1

祷过山上一只狸力趁夜色偷走
鸡的爪和狗的声音。所以，
村庄打补丁，北方有洪灾。

目睹一切的鸟，反复啼叫着自己的名字，
它长出第三只耳朵。猿猴的一种
也开始模仿人散步。

## 2

无数张，人的脸
被火托举着。

人们时常想起

一只被误解的猫头鹰
送走了母亲，夜夜唱颂哀歌。

于是洞穴自己关闭，流水向上分支，
人们也不再相信饲养鵸鸟
可以防止火灾。

3

一头患有心痛病的牛，怀揣萆荔，
从荆棘林走出来。黄昏是个琥珀色的老者。

再往南方走，就该盛产赤鸟、琈玉和
健忘的人了。南方——
枕着耳朵睡觉的公羊，
梦见自己长出红色的鬣毛。

相信爱情的人
仍然在相信着。

4

铜在阴坡。硫磺和赭石
灌洗着、涂抹着彼此的灵魂。
黄雚草有很多意见，最终它们决定开白花
结红果。

那时候，人们还把橐的羽毛插在头上

避开雷。

## 5

妈妈，你的话芙蓉。
女士们穿戴粉蘑菇、蘼芜和蛊。
你的白茅草席上，虱子开家庭会议；

凤凰不再降临，凤凰不在。

雌性是多山的，偶尔豢养绿虎、豹子和咒。
麝带着自己的香，跃进灌木丛，嘿，
这小短腿。

## 6

圆叶子、白花萼、枳子果，
我们望见深渊里的河，洗骨头。

雕刻黑斑纹，一群鹗鹰想飞起来。
沼泽里有很多，困倦之水、暧昧之水，
在自己的清晨，河流准备清澈一点。

鹗鹰，哦，它们飞起来了。

# 7

我在思考乌有，不可能的事物就现身，
丹木、玉膏，和长生不老。
女人，你什么时候准备把自己吊在荨麻里。

青蒿已经长满。疾病唤醒——
你的园圃。

钟鼓和铜墙一样旧。

# 石　磨

那台石磨已经锈得转不动了
现在，它躺在那里，不再发出拙劣的声响
不再磨出女人的叹息，和粗劣的粮食
它终于把自己磨成了两块普通的石头

记忆深处，松脂灯下的祖母面容祥和
她推着石磨，石磨推着她
磨出命运阴险的笑脸

石磨是祖母的嫁妆，它推着祖母走了几十年
终于把祖母推到耄耋之际，终于
把自己磨成了两块喜欢安静的石头

# 偷马的人

村里的马被偷了
村里的男人打着火把去追偷马的人
沿着泥路却一直找不到马蹄印

第二天，在另一个村落逮捕了偷马的人
原来为了迷惑追他的人
他给每匹马都穿上了两双雨鞋

偷马的人，是村里的人
后来他觉得羞愧，就上吊死在一棵核桃树上
从此那棵核桃树结出来的核桃，都是哑的

# 三姨夫

嗜酒的三姨夫左手已经枯萎，
我去探望的时候，他躺在院坝上，
盖着一件军绿色大衣，正在教他儿媳唱丧歌：
"父亲的咒词翻过十座山
母亲的教诲流经五条河⋯⋯
在我的葬礼上你要这样哭！"

看到我，他流泪了，说好不起来了，
拿起旁边的塑料瓶装酒饮了一大口。
姨妈买四百斤白酒放在他面前让他喝，
姨妈说：他的生命就像俄尔则俄的积雪
在慢慢融化。他饮酒，饮自己的时间。

三姨夫有两个儿子，长子已经成家，幼子也嗜酒。
在酒醉的夜晚三姨夫掉进一条沟里，摔断了左手。
现在，他起卧需扶，大家来探望他，
来时带酒，走时给他钱买酒，他颗粒不进。

我离开的时候，跟他说
希望这场雪融化得慢点吧，
他挥右手告别，告诉我在他的葬礼上这样哭：

"父亲的咒语翻过五座山

母亲的教诲流经五条河

无人敬仰的你啊，如何与祖神同居……"

# 小爷爷

他静如群山，只言不发
一生埋头喂猪，放羊出圈
时常忘记吃饭，烟斗不离嘴

他怒若惊雷，只言不发
那天一只领头羊不听使唤
闯进别人家的庄稼地
他拿上弯刀追着羊跑了几里地
活生生杀了那羊，然后扛回家里
煮熟了，请村里人来吃
自己坐在屋檐下抽烟，一口汤都没喝

# 祖母的旧橱柜

从前装着从汉地换来的瓷碗
装着祖母留给孙女儿的荞麦粉

村里人搬走后
它被搁置在雨中
少了精雕细刻的窗
装着一场经不起深究的风

# 外　婆

小时候我一点都不喜欢她
这个年纪轻轻就守了寡的女人
嗜酒如命

每次我从她家拜年回来
村里的人都会问，你外婆还喝醉吗？
喝醉了还哭唱吗？
觉得特别没面子

后来我听懂了她醉后哭唱的内容
才觉得她可怜，她说——
"男人不在了，房屋漏雨了
女人赶牛犁地了，邻居的脸色变了……"

如今八十岁的她依然嗜酒如命
却已经喝不起那烈酒了
让我来看她就买淡点儿的葡萄酒

# 背柴回来的男人

背柴回来的男人路过搬粮食的蚂蚁
此时，黄昏已瘫睡在村庄的身体上
他没有继续赶路，也没蹲下来和它们握手言好

此时，月亮被拴在村西老梨树的一根枯枝上
他没有听到有人举着火把喊他的名字
他突然感到，命运的困顿

# 收头发的人

大概五十岁的老头儿
每个月来一次，重要的是，他独眼

他只收母亲梳掉的头发
那时候，有女人梳头的地方
就会有孩童守着，像追捕虱子一样收集头发
细心的孩子会发现，母亲农忙季节头发掉得多
细心的孩子首次收集到母亲的白头发时会流泪

收头发的人，带着糖果和妇女需要的针线
也带着捆头发的五颜六色的橡皮筋来
重要的是，他独剩的眼也不好使
聪明的孩子会在头发里混进一撮马尾巴
收头发的人走的时候乐呵呵
聪明的孩子们乐呵呵

收头发的人，好久没来了
听说，他再也不会来了

# 立 冬

故乡降临的第一场大雪
在我心里积累着，更厚重的愁意

夜晚打电话给祖母
她说隔壁村的马海家老爷子
今天凌晨走了

她再次叮嘱我，她的遗物都放在木匣子里
埋于前院的老核桃树下

她跟我说这些话的时候，如要出远门的母亲
给子女交代家务事一般平常、轻松

# 每个村落都有一个叫疯子的人

夜里，孩子的啼泣，如种子在土壤里破裂
"那时候村里尚未通电，狗看到每束光都大叫"
那时候我有一个好朋友，别人都叫他疯子

白天，他在梨树下，埋头捡拾熟落的梨
每拾起一颗就用袖子擦拭，然后装进衣兜里
他从不上树摘，也不会品尝其中一颗

有一次他用一把弯刀砍在我头上，鲜血淋漓
他没有哭，举着刀嘶吼，以失败者的姿态
此后他见到我都远远躲开，像未伏法的凶手
其实我们本来也没有说过一句话

失踪数月，村里人以为他没了
用一头牛为他举行了删繁就简的葬礼
又过数月，在一个清澈的黄昏他突然出现
我一点也不惊讶，因为他的葬礼上我没有流泪
他从兜里摸出了三颗梨子，呈放在我手里
然后像个乐坏了的孩子，蹦跳回自己家去了

# 母亲节帖

此刻，黄昏归置着新物旧事
白色床单上几束阳光在舞蹈
父亲的银发密麻、朴素，医生说
他的骨头多生了一截
肺里也出现病灶，他一边叹息
一边点燃从老家带来的老烟叶

对面门诊部七楼的妇产科
弟媳刚新生下一个七斤四两的胖儿
像扶一棵准备倒下的老树
我搀扶起父亲去看他的孙子

此刻，黄昏归置着新生老人
这一天如此虚构，又这般自然

# 秋　雨

爱情的邮箱里情诗要过期了
灵魂的磁盘里孤独溢出来了
房东催水电费了
梦在梦里，浮起来了

母亲预计到这场雨
就把院坝上的粮食收进屋
冬天还很遥远，她就从远方
把织了一个夏天的毛衣寄过来了

我是被母亲晒在异乡
来不及收到屋里的粮食啊
从远方来的这场秋雨，这般慈祥地
将我打湿了

## 谁接近这个傍晚

草原上有镀了善念的马蹄铁
草原上有植物死去
和我的目光一起，死去的植物
被雪一寸一寸地埋葬

这个季节，适合在草原上
筑灵魂的巢穴，使用枯枝、野骨
使用月光、激雷，和对立面的咒语
使用母亲用剩的碎麻布

在草原腹地，我的草屋
正升起了第一节炊烟
谁接近这个傍晚，我就敬谁一杯
重重的心事

辑四　就让它发生吧

# 五　月

1

羽毛滑落的五月
你捂住我的高烧

一匹有名字的马
跪在火焰上，嘶鸣是碧绿色的
一场午后雨

2

一朵花的劳役史
嗯，我们缺席的部分
用火柴点亮可以吗？

3

一些透明的事实在互相伤害，
我想起一些巫术，比如
握紧烧红的铁

我们会在哪一棵树下
收到邮件，爱情

都是你发誓不再相信的


4


我们谈论起稀有物种
碱性的外号。是因为爱吗？

戏剧里，羊群穿过我的睫毛
你说过的好看


5


梦里流出清澈之水
湖泊把自己打开，你想象
自己是一片静默的草原

黄昏迎来客人
神的气息是一个隐喻，你说
不要把自己从痛苦里捞出来

迷雾被启蒙的时候……

提醒我

# 石头赋

石头睡在石头上面，
不分性别，不翻身，
它们睡成不透风的墙，围住孩子的想象。

古老的石头啊，石头里面站立的祖先，
他们佩戴的弯刀闪闪发亮。

劝不住的石头啊，滚向阿卜村，
劝走了一生不肯出嫁的欧支家的长女。

# 布谷鸟鸣释

只有阿欧家族的人不系腰带，
只有阿欧家族的人听不见布谷鸟叫，
但没有一家人会错过春耕，
除了骗吃骗喝的佤歇，他负责在传说里
伸着懒腰，走向人群。

朋友，如果你此生第一次
听见布谷鸟叫的时候，
走在回家的路上，此生
你就注定一直走在回家的路上。

# 祭酒辞

在灵魂的自留地里，
我投粮，蒸煮，发酵，
古老的醉意就顺着瓷质的杯子升华我，
一群微醺的男人站成一捆松散的麦子。
此时，高粱地里发生了什么？
此时，核桃树下发生了什么？

在我遥远的生命故乡，
男人们争先恐后，围着一坛
火的意志酝酿的酒，背离又回归，消愁
也庆祝。在死亡的盛典上，
我嗜酒的祖父将一生的祝词、咒词
一饮而尽。而此时，
核桃树下发生了什么？
高粱地里发生了什么？

# 三只山羊在垭口

我在山顶对话草木，我精通草木的方言。
抒情是一匹瘦马，尾巴上结满牛蒡果，
它躺在我的语言之地，驱赶不停叙事的蚊子。

三只山羊在垭口发呆，我猜测它们的血缘时，
感知到一种古典之美。当然，作为受难者，
我将手捧自己的灰烬，去寻找另一场大火。

# 现在我只想下雨

1

你背向万物，离开已然成事实，
夜晚有很多说不出口。灯只会偶尔落在你裙底，节日不会

如期举行。虚幻感是另一种再现。
看见你躺着路过，从绝望里剥落的牙齿
交易回一片青瓦的角。镜子目睹了

这些没什么用的时刻。你取下钟表
时间就掉在玻璃杯中。玫瑰破碎的声音
被听见了。

2

坟头上的乌鸦复活他
黏稠的灵魂。眩晕约等于活着
不怎么明朗。你要洁净自己，就先让污秽上身？

苔藓可以是喉咙里繁殖的某种语境，在完整之前

你也只擅于沉醉。


3


现在我想下雨，我是说此刻
我只想下雨。


你就在那。我是说
此刻你就在那，我想问
"你锁骨上的红痣是一个意外吗？"


4


睡眠薄得像一张白纸，天花板的死角，
蜘蛛被自己网住了。阳台上有猫发情的声音，
更远处，可能有醉汉，少女的口哨失眠的疯子……
怪状的树枝蘸上了红漆，墙壁里


有母亲走出来。


5


神话只是死亡的续集。
屋顶蹲伏着一只花色老虎，雪突然下大。
祖父背着一块落单的石磨，闯进陌生的村子。

## 秋天，睡眠比土地贫瘠

贫瘠的睡眠里，梦单脚行走着。
瞧，神也喝多了，打着粗钝的呼噜，
所以，立即需要一个谬论前来拯救：
"你的美德是为了麻醉你安稳入眠。"

此刻，月亮在翻阅我的清白之身，
人间比以往更适合深呼吸。

# 在这空旷的人间

我突然觉得寂寞，在这空旷的人间，
居然找到了这么多，可以倚靠的物。

如果今天仍一无所成，亲爱的
我就给你写信，给你寄去一点心事、
一点瞌睡、一点假设……
如果今天下雨，我就跟你说：
你是唯一适合我在阴天思念的人。

在这空旷的人间，
我多么乐于在局部的真相里画地为牢，
并听见水的复仇："女人是一种禁忌。"
感性之光在我身上筑巢——

突然觉得寂寞，真的，
甚至我无法参与到一阵风
和另一阵风的嬉戏，
"从邻居家借的火种，就在半路
又熄灭了!"

# 小雪日记

北方有人在为我下雪，
就够了。

我并没有打扰，你用身体托住雪，
托住白茫茫的，一场宿命，而已。

然后
我说一句亲爱的，你便不见了，
南方的屋顶就又矮了一些。

# 雪夜冥想帖

静静地行走，祖神与我同在，鬼也在。
夜正跟自己打赌，草木养神，卵石苦思。
一条暗河与我擦身而过后，遁入答案的漩涡，
结束自己一生的倒流、追问。

思想的谷地正在下雪，万物祥和，
我在高处等待闪电，在更高处，得过且过，
"你给自己的礼物是缥缈，你爱——"
于是，父亲从另一场雪里走出来，父亲背着梯子
和斧头。开始自己一生的向上、说教。

抵达我的抒情之地，越来越厚的雪遮住了
记忆的木门，一个女人的脸庞愈发清晰，
黝黑，大眼，高鼻梁像最后的悬崖，
太阳在上面坠落，又将在另一个母亲那里升起。
她倚着褪色的红土墙，挤出荞麦味的奶
喂养第五个儿子的饥饿，她美丽的乳房
像黄昏的一块小补丁，落满时间的锈迹。

# 致求知者书

"深渊也想知道，自己到底多深，
所以，真理的爱好者们，尽情跳吧。"
用自己的美德惩罚自己，

这是与生俱来的悲伤。
"哦，我感觉灵魂贫血了。"
在岩壁上完成火花的动机后，
你丢失了睡眠的使用书，
独自走过安静的村庄、山脉、荞地、河谷，
穿越绝望的隧道、透明的窗、彻底的黑色
和无法指认的现实，你背着身体，在风中
收回灵魂的失物招领启事。

"深渊终于知道了自己的深，
求知者们，咬一口孤独吧。"

## 生僻之乡

山，在慢慢生僻。
似有雌性鹌鹑鸣叫，流放之地，
猬褰做减法，鼹毛脱落，
徭役，并不遥远……

故乡，也在慢慢生僻。
我养着一束闪电，准备自己受用，
衣袖里有
犬在吠。

## 它发生了，就让它发生吧

我是你的冥想，这很美。
那条蛇在梦里诱惑我后退，
它咬住自己的尾巴，就要象征点什么——

时间，不过是蛇蜕落的一层一层皮，
不要太着急结果，爱情它发生了，
就让它发生吧

# 夏日的叹词

哦……
夏日，坐在命运的阴凉深处
不深究，不反抗，也不放弃

人间已经足够苍绿
不该奢求，自己身上长出新枝

如果你真的柔软
就在这琥珀色的午后取走我的柔软

啊……
当我在深谷歌唱……让闪电咬住岩石
当我混沌如风……父亲还在劈柴

一场雨突然来临
我抢走蛙的语言
在湿地中央抱怨
小气的神，看看我

嗯……
碧绿色的日子灌满了希望的汁液

一头牛在闻另一头牛的粪
一头牛用角拱着田埂
今天我们，欲望饱满
却被一匹马从背上摔了下来


唉……
爱情是不会来了
如果可以，就在这空荡的屋顶
做一场没有止境、失重的梦


愿所有人戴着同款的面具
擦身而过，不打招呼


哦……
深灰色的窗帘上
两只蚊子在雄辩


我做饭，给花浇水
没有穿衣服，自言自语


假装悟透了
穷人的哲学
用木筷子敲响白色的瓷碗

喏……

哼着朴素的曲子

假装自己从很远的地方回来


站在离你很远的地方，梳理蓬发

站在离你很远的地方，挥手寒暄

# 悲伤词

悲伤是一万根系着呻吟的刺，在你的伤口战栗
你像携着枯枝迷路的鸟，无法鸣声求救
不停挥动着，结了霜的羽翼

悲伤是一千支悬在弦上的箭，瞄准了离开的你
现在，月光打在海岸的岩壁上，月光是咸的
你就盘旋在那里，筑死亡的巢穴
不停挥动着，结了霜的羽翼

## 人间，是咸的

墙，扶起了影子，暗红色的呼吸，
一枚瓦片被踩碎的声音……疼……

这个夜晚不需要意义，值得——
爱情放弃象征，灵魂忘记排练，

人间，是咸的。雪，正忙着埋屋顶。
你点燃我，准备和我在灰烬中含泪相认。

## 没有一个出口会放过我

我是这个村落，第一个醒来的人。
其实没有什么事情，值得起早去完成，
每个清晨都在假设，给事物排列新答案。

牛羊应牧在哪个坡，我们该在哪条路偶遇。
"没有一个出口会放过我。"

这个世界需要更多自在之物，比如我
来拒绝起床，洗漱，吃苦药。
一头牛会主动前来，嗅我身上的哲理。
如果我爱的女人不来探望我，

我将永远带着偏见生活，
给不喜欢的事物重新起恶臭的名字。
所以今天，我又一事无成！

## 真理的客人

星空的观察者，不应该怀有恶意，
幻想边界挂满羊头，梦在磨牙。
作为真理的客人，是的！一次次
把自己放在破的屋顶，放进旧的怀疑。
在一场陌生的葬礼上流眼泪，

给灵魂做的手术，失败！
"哲学家，放过我的头发吧！"

明天，我要做最后一个醒来的人，
用挑剔的味蕾品尝母亲的饭菜。
给所有在田里劳动的父亲，
递端一碗清澈的祝福，并且
不让一个咒词，滤过语言的竹箩筐！

# 畏罪石

一颗想滚落的石头让自己看起来
很悬。手掌有目，意外并不分牝牡，
心无敬畏之人拒绝在典礼前
端捧出好日子；连夜归来的女人容易
丢失玛瑙、口弦和谱牒；

一颗滚落的石头让自己看起来
很危险。屋顶有赌局，征兆会偶尔偷懒，
悲剧的墙壁上只剩一头公牛使用角
反复拱田埂。连夜逃跑的女人容易
忘记带走凶器，和未断奶的幼子；

一颗停止滚落的石头让自己看起来
很冷静。河谷有月光，风只在心口
吹响过往的岸堤。在寒水掩过一半身体时
她才回头，看见醒不过来的丈夫、
幼子啼哭……

辑五　站在幻想的刃上

# 在无所事事的日子里

1

傍晚，突然觉得什么事情要发生
就走出屋子，什么也没有带
翻越一堵泥土墙，身上就落了尘埃
路过几个熟人，打招呼都很敷衍
我说在追一个人

不觉中走到铁路边
一辆火车轰轰轰地过去
脑袋一片空白，甚至有点失落
仿佛我追不上的那个人，已远走

回来的半路上天就黑了
始终觉得有什么东西追着我
就加快了脚步

2

有时候，我喜欢做多余的事

比如把一杯水倒进另一杯水里搅拌
比如把一个死人的名字倒过来誊写

比如想象自己也是兽
想象时间驯养着我，喂我九分熟的粮食
洗干净的善意。当然，也逼迫我咽下恶果

3


躺于石头表面，和天空一样清白
像一件栅栏上安静挂着的旧衣裳，不怀疑
是最好的证明

井边洗漱的女人
把藏在肥皂泡沫里的遐想，轻轻吹碎

古老的门锁着我，就不能有任何怀疑
是一块卵石垫高了山脉

4


我的村子陷入了毛茸茸的霉
铁生锈的黄昏，锄头拔不出来
人们奔走着在彼此的耳边低语
只有一个孩子独自玩耍

用铅笔给自己画脸谱

5

那个漂泊不定的人终于回来了
携带着黑色的行李箱
和一个春光满面的女人

## 当天空售罄善意

日子宽敞，鸟粘在树枝上，像叶子
有时我听见鸟啾鸣，有时是叶子呢喃
叙事者到处添加注脚，天空拥有湛蓝的深思
病入膏肓者已经熟虑神灵不提及的祸事

日子被麻线串在一起，日子拥挤
当天空售罄善意，我和闪电的对话
骗走沙马寡妇的独儿子
从此阿卜村又多了个没有希望的人

# 对　峙

从冬天的草垛上醒来是幸福的
身上盖着羊毛纺的披毯，太阳静静照着
太阳照着我的时候，很多话差点说出口
太阳啜饮了词语，我的脊骨连连脆响
起身把外套甩搭在肩上走，左手放进裤兜里
漫无目的，也是幸福的事

从傍晚的白色床单上醒来，错过晚餐
错过和一个人重修于好的最好时机
枕靠在冷漠的水泥墙上发呆，不开灯
有点孤单，有点失落，有点想回家

# 无能的下午

"一条鱼怀揣匕首游过我。"
倾听一条河流的自述
想象自己长满结冰的鳞片
血的鳞片

风在缝补风的伤口
没有人做梦的下午
没有人说话
一勺虚构的盐让我的灵魂变咸

太阳照着无能之地
流泪的人继续流泪
一个人正用木炭在脸上涂抹咒符

过去我独自歌唱
现在我独自歌唱
如果只能幸福一次
让乌鸦在我腋下筑巢吧
让苍凉的风吹肿白日梦

# 如何消磨掉这个下午

独自在村口徘徊，
害怕遇见一个认识的人突然
问我在做什么。
那我只能回答天快要黑了，
今天还没有找到一件，值得去做的事情，
月亮就被群山托举出来了。

躺在一棵枯萎的梨树上，
从它的肌理中我摸到自己
皱皱巴巴的一生，不过如此。

# 最后一天

一只猫把自己困在室内，打着虚无的哈欠
它不再幻想，像一个自闭症患者
优雅地关上所有门窗。亲爱的，此刻我感觉
我与人世的羁绊，正日渐松落

我抚摸着身上新长出来的犄角
像抚摸自己不被理解的偏执、野性
没有一丝阳光肯流泻进我的体内
洪水高涨的夏天，没有人挽留执意离开的人

坐在河边，想象自己是一条上岸的鱼
好奇的鱼，回不去的鱼。这时候
石头清凉，风吹过，月亮在水里褶皱
一群羊从河对面游过来，死神的吆喝声临近我

# 滚 石

我也喜欢自己的不确定性
它是高出生活的那部分

拒绝背后推我的力量，拒绝指引
我爱这世界，仍收留着一些比痛
更淳朴的敌意

我也是黄昏的一部分
遗憾。比太阳早一步抵达下一个村庄
比太阳早一步抵达

# 稻草人，我们私奔

稻草人，在最后能望见村庄的高坡
我们歇一歇，回头瞧一瞧

看那些炊烟缝天空的伤口
那缕最厚重的，定是我的祖母
她气短，烧火的时候烟最浓
熏得她咳嗽不断

# 傍晚，我们都有血缘关系

傍晚是一件男人的外套
轻薄或厚重，披在我爱人的身上

傍晚是爱情，在我心的地平线上，缓缓落幕
我们便紧拥彼此，一起堕入黑
黎明来时，我们一起再从村庄，缓缓升起

傍晚我们都有血缘关系，亲近且甜蜜
身上流淌着鲜红，流淌着长河的远
石头枕着石头的硬，青草望着黄叶哭
甜蜜且亲近，傍晚我们都有血缘关系

傍晚诞生自己，垂钓者准备拿自己引诱幽鬼
傍晚埋葬自己，垂钓者走进神灵的晚宴
傍晚离开自己的时候，你也要离开我
我将和万物失去血缘关系，回到混沌
说一些，不着人世边际的话

# 妄想者

喜欢站在幻想的刃上
舔舐自己的锋利

也热爱在黑夜脱去
包括喜怒哀乐等情绪
然后和孤独相处

那天，他躺在山脉之上的一朵乌云里
听见自己，连绵起伏的
死亡

# 十　月


这一年，面对一切不彻底的事物
我都端捧出自己，包括
选择在不吉利的日子出远门


十月，粮仓满盈
我坐在田埂上，不觉中
把手边的草打了很多个死结
这真是个适合精打细算的夜晚
月亮缺了三分之二
马蹄印在星空下亮出朴素之光


这一年，父亲翻新了两次瓦片
每个傍晚他都蹲坐在屋檐下
把村西那半亩地里种出来的旱烟
混卷着母亲的唠叨，全吸进了肺里
这一年，他"叭叭"出来的烟雾
比说的话多


这一年，我就像一颗趴在河岸的石头
有一半我，溺水而亡，另一半我
打捞着自己，怀疑着自己

# 雪　赋

雪，若孤身前来，就有兽性
就会使用粗钝的角，围攻故乡
我的母亲，就会梦见我病重
她起身再次点燃火堆，然后彻夜不眠

雪，若结伴而至，便携神旨
父亲面如群山，抖掉身上的积雪
又点了一次烟

# 我渴求的咒语，我要独自畅饮

你选择溢出我的杯
还是躲进我体内，混淆是非

像咀嚼不成熟的果子，终于说不出话
一桩旧事匿藏的反叛痕迹，清晰可见
我渴求的咒语，我要独自畅饮

此时，风不能成为我的立场，树亦不能

# 探 病

从枯冷中醒来，我精心梳扮自己
准备去探望一个病人

从旧铜罐中取出我的悲伤
一勺为昨夜吹过我屋顶的风
一勺为你，我的朋友
剩下的已不够一勺，我得封藏好
留给自己

给我河流死亡的声音
渴求冰神，让我成为凛冽的人
让我匆忙
让我在匆忙中忘记水果

一个习惯将电筒含在嘴里走夜路的哑巴
坐在田埂上，和风有一场鲜为人知的对话

"等一切不能再坏了
一切就会开始好起来吗?"

# 证　据

那些热爱，在黄昏下倒挂自己的猎物
试图避免狂欢，潜入我的夜晚
身体里的沟壑便有野兽长吼

用眼泪虚构出悲悯，我尚可自困
或者梦见月光照亮自己的尸骨

这一生都在适应，抱紧不发光的木头
在狭小的领地接收来自比星空更冰凉的暗号
在证明时间，成为意外的有力证据

# 独处帖

为了自由、群山、迎接众神，
我用衣袖擦去了姓名。
现在我剩下普通的自由、群山护佑
和众神孤独的疼爱；

我没有什么遗憾，
看不透的那些事并不影响我
模仿自己的影子，
偶尔，我退守着故人的底线；

退守在自己的谦卑之地，
我一个人走路、歌唱，绝不会害羞。
一个人走路，是我对抗时间的秘诀。

# 简单的宿命

呵，宿命论者的自扰：
风把人间吹绿了很多次，
而我没有一次站在那里。

狭路上我和一匹孤狼相逢，
你肯定期待发生点什么，
可是，什么也没有发生。
我们只尴尬地打量彼此许久，
然后转身，各自返回原路。

所以有时候，我们要学会
原路返回。

# 没有人记得我的生日

没有人记得我的生日，多好啊，
就像没有人注意我，何时来到人群中，
何时离开也不重要——
作为旁观者，不断暗示、抛弃和反驳
目睹的一切，也在现场打捞想要的答案。

无数次踏进同一条河流是为了
变得和众生那般……多好啊，
像是在梦中垂钓自己，哦——
永不枯竭的梦中，如此暧昧。
那个单脚的男人坐在雪地里，
用树枝画出另一只脚，无数只脚路过他，
天边滚来一颗红苹果……

# 彝人的母亲

## 1

倚着褪色的红土墙
她挤出荞麦味的奶
喂养第五个儿子的饥饿
她的身躯
落满黄昏的锈迹

## 2

那年，祖先没有守住诺言
洪水冲走了古寨
她把孩子藏在山洞
孤身走向麦田，与乌鸦一起拾荒

## 3

雨水从错位的瓦片里滴下来
滴在火塘上，她不知所措
嗜酒的父亲哪儿去了

她摇晃怀里的女儿
偶尔拍打背上的儿子
说："彝人的火塘不能熄。"


4


关于头发
她为我剪过一次头发
换了两张褶皱的百元大钞
后来她的头发越来越稀薄
再没值过那么多钱


5


为了参加舅舅的婚礼
她把木箱衣柜翻到了底
稀松的头发捆不稳红色头帕
皱纹像山沟，蔓延到百褶裙深处


外婆送给她的银手镯
在最底层


6


午后

她拿出口弦，背对着苞谷地
两瓣竹片奏出的旋律
回响在山冈

父亲就坐在一侧抽烟，不笑
也没有说话

7

妹妹出嫁的冬天
她穿上黑色素衣
那晚，为妹妹换上红帕子和百褶裙

她一直拉着妹妹的手
把外婆留给她的银手镯戴在妹妹手上
说了很多话，流了很多泪

8

在故乡
阳光把这场大雪梳理得充满暖意
母亲佝偻着，拾回来一捆干柴
她说，彝人的火塘，不能熄

此时

我已经推倒故乡的栅栏，准备远行

有些流浪，迫不得已

有些流浪，情不自禁

# 夜　里

起风了
我并不担心尘世的烟火
我担心自己的炭，燃得太快
不够等一个人回来

## 图书在版编目（CIP）数据

如果屋顶没有星星 / 加主布哈著. -- 武汉 ：长江
文艺出版社，2024.6
（第 39 届青春诗会诗丛）
ISBN 978-7-5702-3458-5

Ⅰ. ①如… Ⅱ. ①加… Ⅲ. ①诗集－中国－当代
Ⅳ. ①I227

中国国家版本馆 CIP 数据核字（2024）第 028236 号

**如果屋顶没有星星**
**RU GUO WU DING MEI YOU XING XING**

---

特约编辑：寇硕恒

责任编辑：胡 璇　石 忆　　　　责任校对：毛季慧

封面设计：璞 闻　　　　　　　　责任印制：邱 莉　王光兴

---

出版：长江出版传媒　长江文艺出版社
地址：武汉市雄楚大街 268 号　　　邮编：430070
发行：长江文艺出版社
http://www.cjlap.com
印刷：湖北恒泰印务有限公司

---

开本：880 毫米×1230 毫米　　　1/32　　印张：3.75
版次：2024 年 6 月第 1 版　　　　2024 年 6 月第 1 次印刷
行数：1575 行

---

定价：52.00 元

---